LA FRANCE DÉSOLÉE,

POEME.

LA FRANCE DÉSOLÉE,

POEME

CONSACRÉ A LA MÉMOIRE DE SON ALTESSE ROYALE
MONSEIGNEUR LE DUC DE BERRI,

DÉDIÉ

A L'AUGUSTE FAMILLE DES BOURBONS

ET A LA PATRIE,

Depuis trente ans, hélas! planant sur des tombeaux,
Un génie implacable enfante tous nos maux!....

PARIS,

DE L'IMPRIMERIE DE BOBÉE, RUE DE LA TABLETTERIE, N° 9.

1820.

PRÉCIS.

Dévoué toute ma vie à l'auguste famille des Bourbons, ayant été proscrit, pour avoir défendu leur noble cause, personne n'a senti plus vivement que moi l'heureuse allégresse, qu'a causé leur retour; personne aussi n'a été plus consternée à la nouvelle de l'horrible attentat, dont un prince si cher a été la victime: mes sens en ont été glacés d'effroi; ma douleur a été d'autant plus profonde, que j'aimais à voir dans l'avenir l'affermissement du trône et la glorieuse prospérité de la France, sous le règne de l'héritier des vertus et des qualités du grand Henri. J'avais eu le bonheur, un jour, d'être accueilli par le Prince; et sa bonté touchante a fait sur mon cœur une impression à jamais durable; au premier coup d'œil, je saisis dans l'heureux ensemble des traits de sa physionomie la grandeur et la générosité de son ame.

Instruit à l'école du malheur, victime de l'orgueil et de l'envie des hommes, j'ai eu l'occasion et le besoin d'étudier leurs passions, et l'histoire m'a aussi puissamment aidé a en découvrir le mobile, et à juger des causes des grandes catastrophes humaines. Revenu de l'état de stupeur où ma jeté un événement épouvantable, j'ai cru pouvoir partir de ces données pour indiquer la cause ou l'agent de nos malheurs.

Lorsque j'admire la profonde sagesse du Roi, le calme de son ame, malgré les douleurs déchirantes de son cœur; lorsque je me représente le spectacle attendrissant de son auguste famille, les angoisses du plus tendre des pères, l'affliction vive d'un frère, d'une sœur désolés, les anxiétés cruelles d'une épouse inconsolable, entourant le Prince dans ses derniers moments, je retrouve quelque chaleur, et mon faible génie, malgré la tristesse de mon cœur, vient de tracer cet essai, que j'ose adresser à l'auguste famille et à la patrie, comme un faible tribut de mon sincère hommage et de mon éternel amour.

Je réclame l'indulgence du public : n'ayant eu que des intentions pures, j'espère qu'il me pardonnera quelques négligences de style en faveur du sujet et des sentiments qui m'ont inspiré. En déplorant la perte d'un grand Prince, en esquissant le tableau de ses vertus, des nobles et généreuses qualités de son cœur, j'ai exprimé les sentiments des Français et peint leur douloureuse affliction.....

J'ai eu la pensée de supplier le Roi de m'accorder la faveur de dédier ce poëme à Sa Majesté; mais dans la crainte de rouvrir les plaies de son cœur, j'ai cru devoir me borner à en présenter au Monarque et à son auguste famille les premiers exemplaires. Avec plus de santé, moins de peines, une situation plus heureuse, j'aurais donné plus de soin à cet ouvrage; mais en compensation de quelques négligences, on trouvera dans son ensemble, la franchise, la vérité, et le sentiment d'une douleur profonde.

LA FRANCE DÉSOLÉE,

POEME

CONSACRÉ A LA MÉMOIRE DE SON ALTESSE ROYALE
MONSEIGNEUR LE DUC DE BERRI.

———

Peuples, chers à Louis, dans vos douleurs profondes,
De vos fleuves divers faites croître les ondes ;
Sur le sort d'un bon Prince, en soulageant vos cœurs,
Aimez tous à gémir, à répandre des pleurs :
Il eût été des rois le plus beau des modèles ;
Il avait de Henri les vertus paternelles ;
Valeureux, bienfaisant, simple dans sa grandeur,
Il eût d'un règne sage illustré le bonheur ;
Les charmes de l'hymen et de longues années
Au trône promettaient d'heureuses déstinées ;
L'amour, en fécondant la branche des Bourbons,
Voulait l'orner encor d'illustres rejetons ;
Un avenir flatteur animait nos pensées,
Mais la haine et l'envie en étaient offensées.....
L'ennemi des mortels, tyran de l'univers,

L'Orgueil quitte son trône..... et traversant les airs,

Il arrive à Paris, dans ces beaux jours de fêtes,

Où tous les arts, au Louvre, étalaient leurs conquêtes;

Il s'irrite en voyant leurs chefs-d'œuvre divers:

« Quoi! le Français, dit-il, va malgré ses revers,

» Près d'un trône paisible, appui de l'industrie,

» D'une gloire nouvelle illustrer sa patrie !....

» Je le guidai, vingt ans, dans l'horreur des combats,

» Et l'ingrat, en ce jour, s'écarte de mes pas !....

» Sous un roi pacifique, oubliant les alarmes,

» A cultiver les arts il éprouve des charmes;

» Par des produits divins et des succès nombreux,

» Il oserait, sans moi, le disputer aux dieux !...

» Mais je saurai bientôt, environné de gloire,

» A la paix, qui le flatte, arracher la victoire,

» Corrompre les bienfaits, répandus par ses mains,

» D'épouvante et d'effroi consterner les humains.,...

» Ils sont nés à jamais pour servir mon empire...

» Qui peut me résister, quand la haine m'inspire?....

» La France aime la paix et chérit le bonheur,

» Mais je veux m'en venger par un trait plein d'horreur !..

» Flétrissant sans retour, l'éclat de sa mémoire,

» Je veux la rendre seule odieuse à l'histoire;

» Je veux fixer sur elle un siècle de revers,

» Je veux la rendre horrible aux yeux de l'univers !....

» Et je veux, qu'un bon roi, qu'elle aime et qu'elle adore,

» Autant qu'il la chérit, et l'exécre et l'abhorre!.....

» Je verrai donc alors ces superbes Français

» Bannir de leurs foyers le bonheur et la paix...

» Oui, je veux, à tout prix, dit le monstre exécrable,

» Commettre sur un Prince un crime épouvantable!.....

». Je saurai seul, sans bruit, accomplir mes souhaits,

» Consterner tous les cœurs d'un peuple que je hais... »

Il dit : et sous les coups d'un affreux parricide,

L'héritier de nos rois succombe sans égide !!!....

Grand dieu ! quel attentat vient glacer tous les cœurs !!!.

France, qui t'a causé le plus grand des malheurs ?....

Tel un lys, seul espoir de l'empire de Flore,

Tombe et meurt....sous le fer, quand ses fleurs vont éclore!

Pour vous, jeune Princesse, objet de tant de vœux,

Pouvait-il naître, hélas, un destin plus affreux?....

La France bénissait votre heureux hymenée ;

Déjà dans l'avenir brillait sa destinée ;

L'amour, ayant brisé son arc et son carquois,

Avait pris votre sein pour rajeunir nos rois:

Hélas! lorsque le ciel aimait à nous sourire,

Sous les yeux d'une épouse un si bon Prince expire !!!...

A vingt ans, perdre, hélas ! le meilleur des époux !!!..

Princesse, il est encore un doux espoir pour vous:

Un avenir vous offre un destin moins sévère ;

Il est de doux plaisirs pour une tendre mère ;

Mais Princesse, pleurez ; Princes, versez des pleurs ;

Ce tendre sentiment adoucit les douleurs.

Peuples glacés d'effroi, peuples saisis d'alarmes,

Pleurez, peuples, pleurez, Français, fondez en larmes !

Un infernal génie, aigri de ta grandeur,

France, depuis trente ans, s'oppose à ton bonheur !...

L'or est son talisman, l'orgueil seul est son guide,

La discorde son but, la ruse son égide.....

Des vertus d'un bon roi, le barbare est jaloux ;

Un prince bienfaisant enflamme son courroux !....

Le jour, hélas ! le jour, où l'auguste victime

Succombe sous l'effort du plus horrible crime,

Le Prince avait chargé les gens de son palais

D'aller chez l'indigent répandre ses bienfaits :

« Allez tous, leur dit-il, visiter la misère,

» Redire aux malheureux que leur peine m'est chère,

» Qu'ils seront à jamais un objet de mes soins ;

» Allez, avec ces dons, répondre à leurs besoins ;

» Je veux que dans ces jours, de fête et de folie,

» Ils goûtent, comme moi, les plaisirs de la vie. »

Quand un prince, si bon, prépare un jour si beau,

Un parricide, hélas ! lui prépare un tombeau !!!

Pleurez, pauvres, pleurez votre ange tutélaire :

Il eût un jour, sur vous, régné comme un bon père.

Pleurons tous un bon roi, qu'attendait l'avenir,
L'histoire en bénira l'éternel souvenir.....
Que partout sur ton sol, ô France désolée !
Où s'élève un hameau, s'élève un mausolée,
Où ce prince si cher, si bon, si généreux,
Ait les larmes encor de nos derniers neveux ;
Là, tout remplis d'angoisse et de mélancolie,
Nous irons méditer sur le sort de la vie,
Le cœur plein de regrets, plongés dans la douleur,
Faire entendre au Très-Haut les accents du malheur !....
Tous les ans, février rappelant la mémoire
D'un horrible attentat, que pleurera l'histoire,
Nous verra réunis, pleins d'une sainte horreur,
Implorer le pardon de l'Éternel vengeur ;
Là, les mânes plaintifs de la victime auguste,
Sensibles à nos maux, touchés des pleurs du juste,
Invoqueront le Dieu, qui punit les forfaits,
De consoler les cœurs des malheureux Français:
L'Éternel, à leur gré, reprenant sa clémence,
A punir le méchant bornera sa vengeance.

Mais Louis, consterné par un trait plein d'horreur,
Voit planer le soupçon, sur ses sujets en pleurs !....
De ses enfans chéris un grand crime l'isole !...
L'innocence est pour eux ; mais leur bonheur s'envole...

La paix sur un tombeau se couvre d'un long deuil !..
L'avenir pleure, au loin, couché près d'un cercueil !..

D'un œil épanoui contemplant la victime,
Qu'il a fait immoler, pour illustrer son crime,
Croyant pouvoir troubler les charmes de la paix,
L'orgueil, l'infâme orgueil, seul l'impute aux Français !...
Assez long-temps, cruel, le démon, qui t'inspire,
Les soumit aux fléaux de ton funeste empire....
L'innocent succomba, sous la hache des lois !....
Le crime l'accusait, pour usurper ses droits...
Grand Dieu ! de tant d'horreur victime déplorable,
La France vit périr un monarque adorable !!!...
Issus du sang des rois, objets de notre amour,
Combien d'autres martyrs succombent tour à tour ?..
Pendant vingt ans entiers, ensanglantant la France,
Au retour des Bourbons opposant ta puissance,
Et prétextant toujours l'intérêt ou l'honneur,
Contre nous et nos rois tu guidas la terreur !.....

D'un crime, qui l'accable, accusant son génie,
Et souillant ses vertus de tant d'ignominie,
Tu voudrais à la France imputer tes forfaits,
Et la rendre odieuse, autant que tu la hais ;
Mais Louis seul saura, conduit par la sagesse,

Contre tes vils suppôts, contre ta lâche ivresse,
Armer son bras vengeur et confondre à jamais,
Et ta horde infernale et tous tes noirs projets.

Tu veux que la Fance offre une horrible hécatombe!
Que le peuple s'égare, et que le trône tombe!....
Que nos arts protégés d'un génie immortel,
Florissant à l'abri d'un sceptre paternel,
S'éloignent pour toujours de leur brillant asile,
Pour régner à jamais sur un rivage hostile...
Qu'au gré des passions, aux prises tour à tour,
La Paix, la douce Paix, s'envole sans retour ;
Tu voudrais que l'éclat dont brille la couronne,
Que de grands intérêts, les seuls appuis du trône,
Que nos devoirs, nos droits, nos mœurs et nos vertus,
Fussent tous altérés, détruits ou confondus.....
Tu voudrais asservir et l'empire de l'onde,
Et dominer l'Europe et les peuples du monde.....
Mais la France et son roi, par des nœuds éternels,
Sont unis, pour punir tes efforts criminels.

Que l'affreux athéisme, et l'horrible anarchie,
Rentrent dans le néant : Sauvons la monarchie ;
Créons des lois, des mœurs, des institutions ;
Sauvons nos rois, l'honneur, et sauvons les Bourbons.

Que le dieu, qui préside à l'heureuse harmonie,
Des mondes infinis soumis à son génie,
Qui les meut à son gré dans leurs orbes divers,
Qui d'un souffle créa cet immense univers,
Daigne écouter la voix, plaintive, attendrissante,
Que redit à l'écho la France gémissante :
Après avoir, vingt ans, lutté contre le sort,
Vingt ans, bravé l'orage, elle arrivait au port ;
Pour elle du bonheur déjà brillait l'aurore,
Pleine d'un saint respect, pour un roi qu'elle adore,
Elle aimait à bénir cet hymen radieux,
Qui promettait au trône un destin glorieux ;
L'avenir souriait tout brillant d'espérance,
Et déjà le présent ramenait l'abondance ;
Mais ces bienfaits d'un prince, aimé de ses enfants,
Ont irrité l'envie et l'orgueil des méchants......
Un crime épouvantable, en consternant le monde,
A fixé, dans notre ame, une douleur profonde !..
Armé contre nos rois, armé contre nos cœurs,
L'orgueil, le lâche orgueil, environné d'horreurs,
Dans l'ombre méditant un trait de barbarie,
Frappe, dans l'abandon, l'espoir de la patrie !!...
Secourant l'indigence et fêtant les beaux arts,
Un Prince et son épouse enchantaient nos regards :
Un parricide, hélas ! sous ses perfides armes,

Fait tomber ce bon prince et fait couler nos larmes!!..
Providence infinie, au sein de nos douleurs,
Daigne éclairer Louis sur de si grands malheurs,
Indique-lui la source et l'infâme génie,
D'où partent tant d'horreurs et tant d'ignominie,
Que ta foudre épouvante et confonde à jamais
Le criminel orgueil et tous ses noirs projets;
Sèche les pleurs d'un prince aussi juste que sage;
Il offre à nos regards ta bienfaisante image;
Aime à voir un grand peuple, objet de son amour,
Se plaire à le payer du plus tendre retour;
Qu'à ton gré nos neveux, jusques aux derniers âges,
Entourent les Bourbons et d'amour et d'hommages.
Après tant de revers, et de si grands malheurs,
Fais naître sous leurs pas des charmes et des fleurs;
Inspire leur amour, leur sagesse profonde,
Pour le bonheur du peuple et l'exemple du monde.

FIN.